WITCH HUNTER
7
Cho Jung-Man

WAAAMPPP
SWOOOHH
WOOOOOOHH
SHH
GRAB

25
ABÎME

BSHHHHH
JE TE FÉLICITE...
BAM
Ô FILS DE L'HOMME !
TU AS PU PERCER MA PEAU DE TES LAMES...
AVANT TOI, SEUL UN DIEU Y ÉTAIT PARVENU !
TU AS BEAU-COUP DE MÉRITE POUR UN SIMPLE MORTEL...
QUEL DOMMAGE QUE JE SOIS OBLIGÉ DE TE TUER !
HÉLAS POUR TOI...
WOOOMP

TU AS EU L'AUDACE DE T'EN PRENDRE À MA MAÎTRESSE...
TU PAIERAS CE CRIME DE TA VIE ! JE VAIS RÉDUIRE TON ÂME EN CENDRES !

J'EN APPELLE AUX POUVOIRS DES ESPRITS... À MOI, LA MAGIE DE L'ABÎME !
NOOOOOH
KROO
TCH

J'AI PROMIS DE VEILLER SUR TASHA, ET CETTE SORCIÈRE REPRÉSENTE UNE VRAIE MENACE POUR LUI... JE DOIS À TOUT PRIX ÉLIMINER SON SUPPORTER !
SINON, IDIA NE ME LE PARDONNERA JAMAIS...
LORSQUE JE RENDRAI MON DERNIER SOUFFLE, UN GOUFFRE SANS FOND S'OUVRIRA EN MOI ET ENTRAÎNERA MON ADVERSAIRE DANS LA MORT...
IL SERA CONDAMNÉ À ERRER POUR L'ÉTERNITÉ AUX TRÉFONDS DE L'ENFER !
OH

TAP
ALLEZ, DEBOUT !

TON HEURE N'EST PAS ENCORE VENUE...
PHANTOM KNIGHT !

* LE SURNOM COMPLET DE CE WH, "PALGEUK DE MUSHIN", SIGNIFIE "LES HUIT CIMES D'ARES", NDT.

LE FAMEUX PHANTOM KNIGHT !
CAPABLE DE ENIR EN RES-PECT...

TONF
DÉSOLÉ, MAIS JE NE SUIS PAS PRESSÉ DE TE VOIR MOURIR.
QUANT À TOI...
JE TE CONSEILLE D'EN RESTER LÀ.
TU EN AS ASSEZ FAIT PO AUJOURD'HUI, T NE CROIS PAS
QUELLE TÊT DE MULE...
ALLONS SOIS RAIS NABLE

REGARDE DANS QUEL ÉTAT EST TA MAÎTRESSE !
TUMM
ELLE A L'AIR À BOUT DE FORCES ! TU ES TRÈS PUISSANT, J'EN CONVIENS, MAIS JE SUIS UN WH DE CLASSE S... JE PEUX SANS PROBLÈME FAIRE DURER CE PETIT JEU UN BON BOUT DE TEMPS !
RÉFLÉCHIS ! QU'EST-CE QUI EST LE MIEUX POUR ELLE ?

ALORS ?
ET MAINTENANT, QUE VAS-TU FAIRE ?
MERCI !
ET VOILÀ ! J'AI PANSÉ VOS BLESSURES LES PLUS GRAVES...
POUR L MOMEN
JE NE SUIS PAS EN MESURE DE TENIR LA PRO MESSE QUE J'A FAITE À IDIA !
FAIS APPARAÎTRE LE PONT, BARI.
OUI, MAÎTRE

*LE ROYAUME DE SHILLA (OU SILLA) EST L'UN DES ROYAUMES HISTORIQUES DE CORÉE. IL PARVIENT À ANNEXER LES ROYAUMES VOISINS ET UNIFIE LA PÉNINSULE CORÉENNE SOUS SON AUTORITÉ. CELLE-CI CONNAÎT ALORS, DU VIIe AU Xe SIÈCLE, UNE ÈRE DE PROSPÉRITÉ SANS PRÉCÉDENT SUR LE PLAN CULTUREL, POLITIQUE ET COMMERCIAL, NDT.

ET CE JOUR-LÀ, JE NE SERAI PAS SEUL...
MAIS À LA TÊTE D'UNE VÉRITABLE ARMÉE DE FANTÔMES !

BRAVO ! JE N'EN ATTENDAIS PAS MOINS DE TOI...
NE ME FAIS PAS RE-GRETTER DE T'AVOIR SAUVÉ LA MISE !
GN IIK
JE TE CHERCHAIS !

LE Q.G. EST SENS DESSUS DESSOUS DEPUIS QUE BI HYUNG LANG EST MORT EN HÉROS EN AFFRONTANT UNE MYSTÉRIEUSE SORCIÈRE !
TON SILENCE POURRAIT ÊTRE MAL INTERPRÉTÉ !
ILS LE CROIENT VRAIMENT MORT ?
C'EST RIDICULE
À PROPOS, T'ES-TU OCCUPÉ DE DIANA ?
ÉVIDEMMENT ! J'AI TRAFIQUÉ SA MÉMOIRE, COMME TU ME L'AVAIS DEMANDÉ.
QUELLE IRONIE DU SORT ! QUAND JE PENSE QUE LE GRAND MAÎTRE DU RÉSEAU S'EST LAISSÉ PIÉGER PAR UN AGENT SUBALTERNE...
DIANA N'EST QU'UN COLOSSE AUX PIEDS D'ARGILE ! ELLE EST INCAPABLE DE SE DÉFENDRE CONTRE LES ATTAQUES DE TROP PETITE ENVERGURE.
ET PUIS...

RÈS TOUT, PERSONNE SE MÉFIE DE MOI, ICI ! L N'IMAGINE QU'UN SIMPLE AGENT DE CLASSE PUISSE ÊTRE UN ESP EXPERT EN MANIPULATION MENTALE !
MAIS JE DOIS RECONNAÎTRE QUE MES POUVOIRS SONT ASSEZ LIMITÉS, PUISQU'ILS NE MARCHENT...
QU'EN CAS DE CONTACT PHYSIQUE !
PAUVRE DIANA !
ELLE QUI AIME TANT S'AMUSER AVEC LES SOUVENIRS D'AUTRUI... VOILÀ QU'ON LUI REND LA PAREILLE !
TU SAIS QUOI ?
J'AVOUE QUE JE COMMENCE À Y PRENDRE GOÛT, MOI AUSSI...
IL N'Y A RIEN DE PLUS EXCITANT QUE DE S'IMMISCER DANS LA MÉMOIRE DES GENS...
DU JOUR AU LENDEMAIN, ON PEUT TRANSFORMER L'AMOUR EN HAINE ET FAIRE D'UN AMI CHER UN ENNEMI MORTEL !

CE QUE TU PEUX ÊTRE VULGAIRE ! ON RECONNAÎT BIEN LÀ UN INDIVIDU DE BASSE EX-TRACTION...
...
VA-T'EN, TU ME DÉGOÛTES !
POURQUOI TU ME PRENDS DE HAUT ? AU FOND, JE NE SUIS PAS TRÈS DIFFÉRENT DE TON CHER COOGA...
QUE LES CHOSES SOIENT BIEN CLAIRES, WORDS !
TU AS BESOIN DE MOI POUR PARVENIR À TES FINS...
HEIN ?
ARGH !!
KRAK

RAAAAAAH !!!
KOF !
GH...
NE T'AVISE PLUS JAMAIS DE ME PROVOQUER...
JE TE PRÉVIENS : JE NE LE RÉPÉTERAI PAS !
JE DEVRAIS TE LAISSER MOURIR À PETIT FEU... C'EST TOUT CE QUE TU MÉRITES !

ÇA SUFFIT, WORDS !
LES PLAISANTERIES LES PLUS COURTES SON LES MEILLEURES.
ÇA TOMBE BIEN, JE NE PLAISANTE JAMAIS !
JE TE SIGNALE QUE NOUS AVONS ENCORE BESOIN DE SES SERVICES !
SOUVIENS-TOI DES RÉCENTS ÉVÉNEMENTS DANS LE SUD !
SI NOTRE JEUNE AMI N'AVAIT PAS ALTÉRÉ LA MÉMOIRE DE DIANA...

TOUT LE MONDE AURAIT SU QUE C'ÉTAIT MOI, LE COUPABLE !
JE ME SUIS FAIT UN PLAISIR DE RÉGLER SON COMPTE À L'AGENT EN CHARGE DU Q.G. DU SUD...
DANS NOTRE INTÉRÊT À TOUS !
SANS L'AIDE DU PETIT, SOUTH 'AURAIT PAS PU S'EMPARER DES TERRES DU SUD AUSSI FACILE- IENT. C'EST AUSSI GRÂCE À SON TERVENTION QUE LE Q.G. S'EST ÉCIDÉ À ENVOYER DES RENFORTS UX QUATRE COINS DU MONDE, COMME NOUS L'ESPÉRIONS !
ALORS JE T'EN PRIE, SOIS PATIENT AVEC LUI...

IL EST HORS DE QUESTION DE DÉCEVOIR NORTH...
CAR NOUS SOMMES SES PLUS FIDÈLES LIEUTENANTS !

SURT EST TROP BALÈZE !

OUF... ÇA VA MIEUX.
ON PEUT DIRE QUE JE L'AI ÉCHAPPÉ BELLE !
J'AI PRIS TROP DE RISQUES EN TENTANT DE REDONNER À SURT TOUS SES ANCIENS POUVOIRS...
C'ÉTAIT AU-DESSUS DE MES FORCES !
PFF...
JE SUIS LAMENTA-BLE...
IL ME RESTE À PRÉSENT TOUT JUSTE ASSEZ DE POUVOIR POUR UN ULTIME COMBAT !

BIEN...
LE MOMENT EST VENU DE JOUER MON VA-TOUT...
PIIP...
MAÎTRE ! C'EST NOTRE SOR-CIÈRE !
AH, ENFIN

26 LE TEST

PAS TROP TÔT !
JE COMMENÇAIS À CROIRE
QU'ELLE AVAIT OUBLIÉ
NOTRE MARCHÉ...

ACH AN NN
VOUS ÊTES PRÊTS ?

UN PROBLÈME, XING ?
GRAB
AUCUN DE NOUS N'AVAIT REMARQUÉ SA PRÉSENCE...
ON EST TOMBÉS SUR UN ADVERSAIRE REDOUTABLE !
LAISSEZ-MOI M'OCCUPER DE LUI !
TOI ET COOGA, VOUS AVEZ D'AUTRES CHATS À FOUETTER...
ALLEZ DONC FINIR CE QUE VOUS AVEZ COMMENCÉ !

JE NE SERAI PAS LONG...
CE N'EST PAS POUR RIEN QU'ON M'APPELLE LE POING ÉCLAIR !
BON...
DANS CE CAS...
REPRENONS...
OÙ ON EN ÉTAIT !

VOUS ÊTES TOUS LES TROIS TRÈS FORTS, MAIS JE N'AI BESOIN QUE D'UN SEUL PRISONNIER !
VAS-Y, CUBE...
YES, MASTER.
TCH
TLAN TLAN
WISH WISH

OBJECTIF : CAPTURER LA PROIE !

ILS ONT L'AIR DE BIEN S'AMUSER ! QU'EST-CE QU'ON ATTEND POUR COMMENCER ?
JE DOUTE QUE TU FASSES LE POIDS CONTRE MOI.
C'EST CE QU'ON VA VOIR...

TU AS TORT DE ME SOUS-ESTIMER !

BBAAAM
!!
TU ME DÉÇOIS BEAUCOUP.

TON POING ÉCLAIR LAISSE FRANCHEMENT À DÉSIRER...
YUE BAIRONG !
ET MAINTENANT...

JE VAIS T'ENSEIGNER L'ART DE DÉJOUER LA TECHNIQUE DE L'ÉCLAIR...
VRAIMENT ?
QU'EST-CE QUI ME VAUT UN TEL HONNEUR ?
TU EN AURAS BESOIN SI TU TOMBES SUR MON FRÈRE AU COURS DE TA MISSION !

JE VEUX QUE TU TE MONTRES À LA HAUTEUR LORSQUE TU L'AFFRONTERAS !
QUELLE VITESSE ! CETTE TECHNIQUE PORTE BIEN SON NOM...
EST-CE QUE TU AS PU SUIVRE MES MOUVEMENTS ?
EH BIEN... SEUL MENT JUSQU'A PREMIER ÉLAN.
VOYONS, C'EST DÉJÀ ÉNORME !
TANT MIEUX ! ÇA PROUVE QUE TU ES DIGNE D'ENTRER DANS LA CONFIDENCE.

ÉCOUTE-MOI BIEN...
LA TECHNIQUE DE L'ÉCLAIR EST D'UNE EFFICACITÉ FOUDROYANTE, MAIS ELLE A LES DÉFAUTS DE SES QUALITÉS...
TAP
POUR COMMENCER, ELLE NE PERMET D'EFFECTUER QUE DES DÉPLACEMENTS EN LIGNE DROITE, LES PLUS RAPIDES...
TAP
TAP
ET COMME IL FAUT FAIRE REMONTER LE KI À PARTIR DES PIEDS, IL EST IMPOSSIBLE D'ENCHAÎNER PLUS DE DEUX ATTAQUES À LA SUITE : D'ABORD LE PIED DROIT, PUIS LE PIED GAUCHE. ENSUITE, ON EST OBLIGÉ DE MARQUER UN TEMPS D'ARRÊT AVANT DE RECOMMENCER.

ENFIN, IL EST IMPOSSIBLE DE DÉVIER DE SA TRAJECTOIRE UNE FOIS LA CIBLE CHOISIE. PAR CONSÉQUENT, CETTE TECHNIQUE EST PEU EFFICACE CONTRE UN ADVERSAIRE QUI SE DÉPLACE DE FAÇON RAPIDE ET INATTENDUE.
TU AS DES QUESTIONS ?
SI JE COMPRENDS BIEN, TON POINT FAIBLE, C'EST LE PREMIER ÉLAN !

EXACTE-MENT !
IL TE SUFFIRA DE REPÉRER LA DIRECTION DU PREMIER ÉLAN POUR PRÉVOIR L'ENCHAÎNE-MENT SUIVANT.
DU COUP, TU N'AURAS PLUS QU'À FAIRE UN PAS DE CÔTÉ POUR ESQUIVER L'ATTAQUE.
TON ADVERSAIRE NE POURRA RIEN CONTRE TOI, CAR IL SERA DANS L'INCAPACITÉ DE CHAN-GER DE TRAJECTOIRE.
TU DEVRAS METTRE À PROFIT CE PRÉCIEUX LAPS DE TEMPS POUR CONTRE-ATTAQUER !
C'EST LOIN D'ÊTRE FACILE, MAIS JE SAIS QUE TU PEUX Y ARRIVER, LANCELOT !
IL FAUDRA TE MONTRER EXTRÊ-MEMENT RAPIDE...
TCH
EIN ?!
OÙ AS-TU APPRIS À CONTRER CETTE TECHNIQUE ?!

QU'EST-CE QUE TU ATTENDS RÉELLEMENT DE MOI ?
JE TE L'AI DÉJÀ DIT ! JE VE QUE TU METTES TOUTES L CHANCES DE TON CÔTÉ, A CAS OÙ TU TE RETROUV FACE À YUE.
PEUT-ÊTRE, MAIS IL N'Y A PAS QUE ÇA !
TEL QUE JE TE CONNAIS, TU CHERCHES À TESTER TON FRÈRE À TRAVERS MOI...
CAR TU VEUX T'ASSURER QU'IL EST DIGNE DE T'AFFRONTER.
SUPPOSONS QUE CE NE SOI PAS LE CAS...
QU'EST-CE QUE JE SUIS CENSÉ FAIRE DE LUI ?

DOMMAGE POUR TOI...
TU AS ÉCHOUÉ AU TEST.
PAR CONSÉQUENT...
TU N'AURAS PAS LE PRIVILÈGE DE REVOIR LI !
TU CONNAIS MON RÈRE ?! DIS-MOI OÙ IL SE TROUVE !
JE N'AI PAS À RÉPONDRE AUX QUESTIONS D'UN MOURANT !

TCHAN
BEN ALORS ? TU NE SAIS PLUS TE BATTRE, OU QUOI ?
J'ÉTAIS EN TRAIN DE GAGNER !
SKZZZZ
À D'AUTRES !
ALLEZ, JE PRENDS LE RELAIS !

J'AVAIS PASSÉ UNE JOURNÉE COMPLÈTE CHEZ LE COIFFEUR POUR AVOIR UNE COUPE QUI DÉCHIRE, SANS OUBLIER DES LUNETTES DE STAR ACHETÉES À CRÉDIT ET DES COURS DE DICTION AVEC UN COACH ! J'AVAIS MÊME SUIVI UN ENTRAÎNEMENT INTENSIF EN PRÉVISION DES SCÈNES D'ACTION... MAIS ILS M'ONT RENVOYÉ APRÈS SEULEMENT UNE PETITE SCÈNE... SNIF ! MONDE CRUEL !

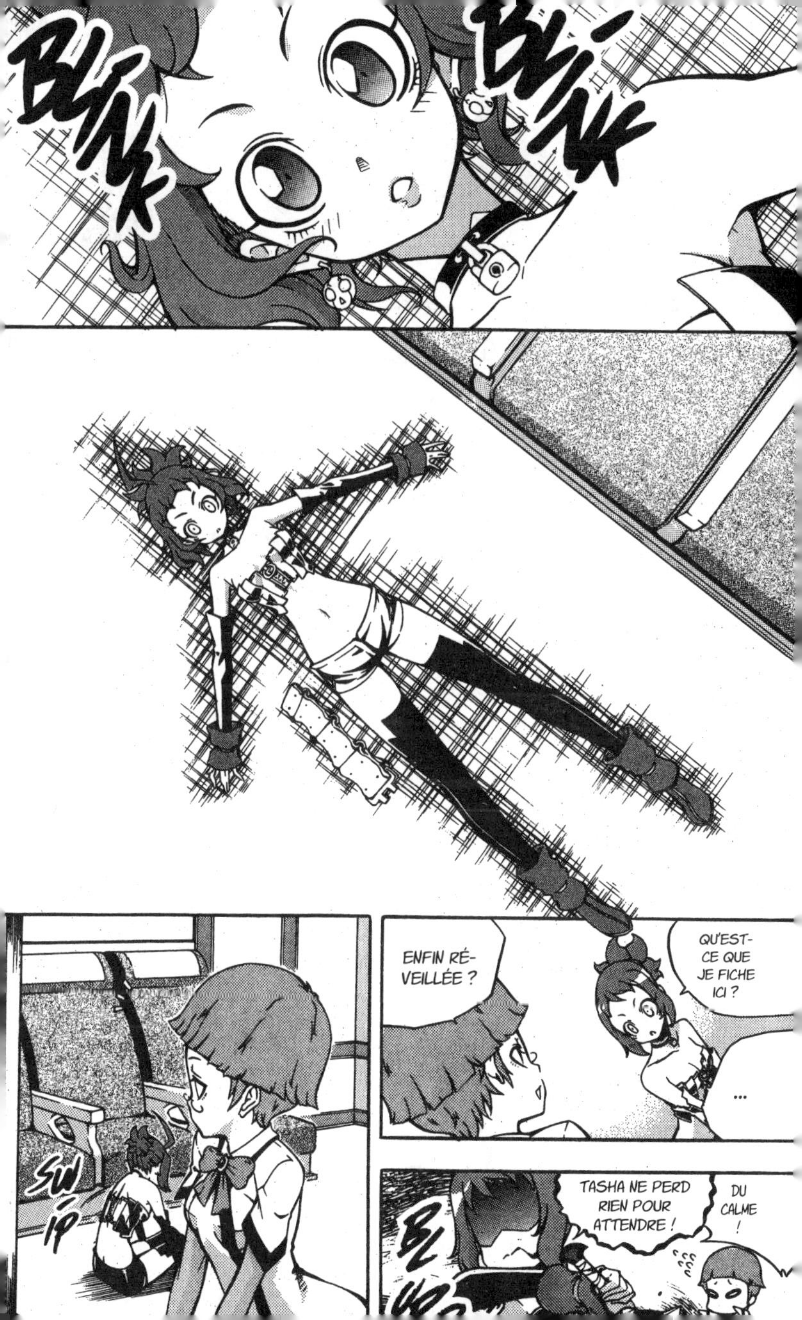
BLINK
BLINK
SWIP
ENFIN RÉVEILLÉE ?
QU'EST-CE QUE JE FICHE ICI ?
...
TASHA NE PERD RIEN POUR ATTENDRE !
DU CALME !

TU TE VENGERAS PLUS TARD ! LÀ, IL Y A PLUS URGENT !
LA VENGEANCE EST UN PLAT QUI SE MANGE FROID !
AU MOINS, TU SEMBLES D'ACCORD SUR LE PRINCIPE...
ÉCOUTE, TASHA A BESOIN D'AIDE.
QU'IL S DÉBROUIL TOUT SEU
ARRÊTE DE BOUDER ! JE TE RAPPELLE QUE TU AS LE DEVOIR DE VEILLER SUR TON MAÎTRE !
ÇA, JE LE SAIS BIEN !
FLASH
FIGURE-TOI QUE C'EST LUI QUI M'EN EMPÊCHE !
IL PRÉTEND QU'IL N'A PAS BESOIN DE MOI POUR TERMINER LE TRAVAIL...

HMM... LES GENS CAPABLES DE METTRE XING EN DIFFICULTÉ NE COURENT PAS LES RUES...
SH
HH
J'AI HÂTE DE METTRE EN PRATIQUE LES LEÇONS D'ELMAR !
ÇA VA CHAUFFER !

TUMP
TA TA TA TA TA TA

27
LE TRAÎTRE
Hän - Dãz
AILIROXX

WIII
IN
LANCELOT EST AUX PRISES AVEC UN NOUVEL ASSAILLANT, MAÎTRESSE !
ET COMME
IL S'EN SORT ?
BA
BA
BA
BA
BAM
IL A AFFAIRE À UN ADVERSAIRE TRÈS DÉTERMINÉ, ET LE COMBAT EST LOIN D'ÊTRE GAGNÉ...

C'EST TRÈS EMBÊTANT... ROSE DÉTESTE PAR-DESSUS TOUT QU'ON LA FASSE ATTENDRE !

COMME VOUS AVEZ PU LE CONSTATER..
ÇA SUFFIT !
BATS-TOI À LA LOYALE !!
ET PUIS QUOI ENCORE ? À LA GUERRE COMME À LA GUERRE !!

CES DEUX-LÀ SONT BEAUCOUP PLUS FORTS QU'ILS N'EN ONT L'AIR AU PREMIER ABORD ! IL VA FALLOIR JOUER SERRÉ...
ET COMME ILS N'ARRÊTENT PAS DE SE CRÊPER LE CHIGNON, ILS RISQUENT DE NOUS FAIRE PERDRE UN TEMPS PRÉCIEUX !
TANT PIS...
NOUS ALLONS DEVOIR ABANDONNER LA PARTIE !

BA BA BA BA AA
ATTEN-
TION !
SWOOOUUMM
!!
ELLE NOUS
BOMBARDE !
ÉTRANGE... ON
DIRAIT QU'ELLE
TIRE À L'AVEU-
GLETTE !
BAM BAM BAM BAM

ON DIRAIT QUE C'EST FINI !
BWOOOOO
QUELLE BRUTE, JE VOUS JURE !
AVEC TOUTE CETTE FUMÉE, ON N'Y VOIT QUE DALLE...
MAIS DU COUP, ELLE NE RISQUE PAS DE NOUS VOIR NON PLUS ! ON EST TOMBÉS SUR UNE SORCIÈRE IDIOTE...
JE N'Y COMPRENDS RIEN... C'EST VRAIMENT BIZA...
OOOOOH
BON SANG !!!

EH BEN, XING ?! TON ADVERSAIRE N'EST PAS SI FORT QUE ÇA !
C'EST VRA QU'HALLOWEE FAIT DE GRAN PROGRÈS...
MAIS J'AI COMME L'IMPRESSION QU'IL ESSAIE DE LA MÉNAGER...
AUSSI ÉTRANGE QUE CELA PUISSE PARAÎTRE SA RAGE MEURTRIÈRE A DISPARU...

IL FAUT EN FINIR AU PLUS VITE...
WUUU
ÇA VA, XING ?!

ET POUR ÇA, LE MEILLEUR MOYEN, C'EST DE SE CONCENTRER SUR UNE SEULE CIBLE À LA FOIS !
PRÊT, LANCE-LOT ?
À L'ATTAQUE !!

ZUT ! JE SUIS PRISE ENTRE DEUX FEUX !!

MAIS...
POURQUOI EST-CE QUE TU M'AS SAUVÉE ?!
LANCELOT, ESPÈCE DE TRAÎTRE...
JE ME MOQUE BIEN DE SES RAISONS !
TU VIENS DE SIGNER TON ARRÊT DE MORT !
ADIEU !

DÉSOLÉ, CUBLEON... TU NE M'AS PAS LAISSÉ LE CHOIX !
SACHE QUE...
TONK
TU AS COMMIS UNE FAUTE IMPAR-DONNABLE EN OSANT T'EN PRENDRE À MA REINE !

JEU

...
VOUS FAITES QUOI, LÀ ?
LE PLEIN D'ÉNERGIE !!
C'EST BIENTÔT LE BOUCLAGE ! JE PRIE LES ESPRITS POUR QU'ILS ME DONNENT LA FORCE DE FINIR...
QUEL CRÉTIN ! IL FERAIT MIEUX DE SE REMETTRE AU BOULOT !

JE N'EN
REVIENS PAS...
TOUT S'EST
PASSÉ SI VITE...
JE N'AI JAMAIS VU
QUELQU'UN SE DÉPLACER
AUSSI RAPIDEMENT !!

28 RETROUVAILLES

TAPP
SWOOSH
TAP
TAP

MON CŒUR DÉBORDE DE JOIE DE VOUS AVOIR ENFIN RETROUVÉE...

MAJESTÉ !
COMMENT ?!
CEPENDANT ...

JE SUIS INDIGNÉ DE VOUS VOIR AUSSI AFFAIBLIE ! OÙ EST PASSÉE VOTRE GRANDEUR D'ANTAN ?
LAISSEZ-MOI JETER UN COUP D'ŒIL... CET OBJET MALÉFIQUE VOUS TIENT PRISONNIÈRE, ON DIRAIT...
MAIS QU'EST-CE QUI M'ARRIVE ?!
JE NE PEUX PLUS BOUGER...
BAAM
SHRRR
WOOOH

ÉLOIGNE-TOI D'HALLOWEEN !

TASHA !!
WU UN
WU UN
MAIS BIEN SÛR...
J'AURAIS DÛ M'EN DOUTER...
TROP TARD...
TANT PIS.

JE DOIS VOUS LAISSER, Ô MA REINE...
MAIS JE JURE QUE JE SERAI BIENTÔT DE RETOUR À VOS CÔTÉS !
POUR LE MOMENT, SEU COMPTE VOT SÉCURITÉ.
JE REFUS DE VOUS FAIRE COU LE MOINDR DANGER
SHH
PI
TRANSFER
KK
TA
TU NE T'E TIRERAS P COMME ÇA
KK
SWOOHH

ARRÊTE ! ÇA NE SERT À RIEN...
MAIS POURQUOI ?!
TU PEUX RANGER TON COLT ! IL FAUDRAIT AU MOINS UN DESERT EAGLE CUSTOM POUR AVOIR UNE CHANCE CONTRE LUI...
EH, TOI ! POUR-UOI AS-TU RETENU ES COUPS, TOUT À L'HEURE ?
JE NE VOULAIS SUR-TOUT PAS RIS-QUER DE VOUS BLESSER...
QUELLE HUMILIATION !
J'AI HORREUR QU'ON ME SOUS-ESTIME...

NE VOUS VEXEZ PAS POUR SI PEU, VOYONS...
LORSQUE VOUS AUREZ RETROUVÉ VOS ANCIENS POU-VOIRS...
NOUS NOUS ENTRAÎNERONS ENSEMBLE À L'ÉPÉE, COMME AU BON VIEUX TEMPS !
AU RE-VOIR, MA-JESTÉ...
JE REVIENDRAI AUPRÈS DE VOUS DÈS QUE POS-SIBLE.
UNE DERNIÈRE CHOSE...

ÉCOUTE-MOI BIEN, YUE...
SI TU TIENS À LA VIE...
TÂCHE D'OUBLIER LI...

ENTENDU !
EST-CE QUE NOS CINQ SORCIÈRES SONT BIEN ARRIVÉES À ALCATRAZ ?
OUI, MAIS IL Y A UN PETIT PROBLÈME...
TAK
L'UNE D'ENTRE ELLES EST EN TRÈS MAUVAIS ÉTAT ET, DU COUP, ON RISQUE UN AVERTISSEMENT !
UN AVERTIS-SEMENT ? ILS EXAGÈRENT !
ÇA Y EST, VOUS ÊTES GUÉRI !
THANK YOU...
QUAND JE PENS
QU'ON S'EST DON
UN MAL DE CHIEN P
LA MAINTENIR EN V
ET VOILÀ COMMENT
NOUS REMERCIEN

QUEL EST L'IMBÉCILE QUI A EU L'IDÉE D'INTER-DIRE L'ÉLIMINATION DES SORCIÈRES ?
CETTE RÈGLE EST VRAIMENT ABSURDE !!
RRÊTE ! TOUT LE NDE SAIT BIEN QUE ORDS ET TOI, VOUS AVEZ AUCUN SCRU-LE À ENFREINDRE LE RÈGLEMENT !
PFF... C'EST L'HÔ-PITAL QUI SE MOQUE DE LA CHARITÉ !
BON, D'ACCORD ! IL M'EST ARRIVÉ D'EN TUER PAR MÉGARDE, COMME LA PLUPART DES WH !
MAIS PAS TASHA...
JE REFUSE D'AVOIR DU SANG SUR LES MAINS !
NE ME DIS PAS QUE TU METS SUR LE MÊME PLAN LES SORCIÈRES ET LES HUMAINS ?!
À MA CONNAISSANCE, IL N'A PAS ASSASSINÉ UNE SEULE SORCIÈRE DEPUIS QU'IL A RE-JOINT LES RANGS DES WH !

ET POURQUOI PAS ? LA PLUPART D'ENTRE ELLES ÉTAIENT HUMAINES, AUTREFOIS...
JE N'AI JAMAIS ENTENDU D'AU STUPID
VOILÀ POURQUOI JE RÉPUGNE À LEUR ÔTER LA VIE !
JE PARIE QU' FAIT ALLUSION SA SŒUR AR
C'EST DONC POUR ÇA QUE TU TE SERS PRESQUE EXCLUSIVEMENT DE TON COLT ...
OUI, JE L'ADMETS.
C'EST LA SEULE ARME Q ME PERMETTE D' LISER DES BALL ANESTHÉSIANTE
C'EST UN MIRACLE QUE TU SOIS TOUJOURS EN VIE, MON VIEUX !
OBJECTION !

MOI NON PLUS, JE N'AI JAMAIS UÉ UNE SEULE SORCIÈRE DE MA VIE !
ALORS POURQUOI TASHA SERAIT LE SEUL À RÉCOLTER TOUS LES LAURIERS, HEIN ?
PEUT-ÊTRE PARCE QUE TU DÉTRUIS TOUT SUR TON PASSAGE...
ET ALORS ? C'EST UN DÉTAIL INSIGNIFIANT, ÇA...
AU FAIT... ON PEUT SAVOIR CE QUE TU FICHAIS ? TU AS TOUJOURS LE CHIC POUR ARRIVER APRÈS LA BATAILLE !
PAS DE CALOMNIES, S'IL TE PLAÎT !
JE SUIS RESTÉ N RETRAIT POUR E PAS GASPILLER ON ÉNERGIE AVEC LES SECONDS COUTEAUX !
IL M'A SEMBLÉ PRÉFÉRABLE DE GARDER MES FORCES POUR LA VRAIE BATAILLE QUI S'ANNONCE...
COMMENT ÇA ?
J'OUBLIAIS QUE VOUS ÉTIEZ INCAPABLES DE DÉTECTER LA PRÉSENCE DES ESPRITS !
ILS SONT LÀ DEPUIS UN MOMENT DÉJÀ !
QUOI ?!!

FLA
ASH
DÉCHAÎNE-TOI, VITAL !
?!
C'EST QUOI, C TRUC ?
!!
ATTENTION !!

E RESTE PAS
PLANTÉ LÀ,
IDIOT !!

TUM

HALLOWEEN
!!!

LE STYLE DE L.*

* L'ASSISTANTE DE L'AUTEUR, NDT.

QU'EST-CE QUI M'ARRIVE ?
TOUT MON ÊTRE S'EST RÉVOLTÉ À L'IDÉE DE PERDRE TASHA...
QUELLE SENSATION ÉTRANGE...
DÈS QUE J'AI SU QU'IL ÉTAIT HORS DE DANGER...
J'AI RESSENTI UN IMMENSE SOULAGE-MENT...

HALLOWEEN !!!
TOUT LE MONDE EST SAIN ET SAUF ?
ELLE N'Y EST PAS ALLÉE DE MAIN MORTE !
...
AÏE ! J'AI PARLÉ UN PEU VITE...

29
RÉVÉLATION

ALLOWEEN !!
BON SANG ! JE N'ARRIVE PAS À STOPPER L'HÉ-MORRAGIE !!
LLOWEEN !!
TIENS BON !!
HI HI...
TU EN FAIS UNE TÊTE...
ÇA TE RESSEMBLE SI PEU...

EST-CE QUE ÇA VA ?!
KOF !
KOF !
WOOOOH
TCH

PLIK
PLIK
MERCI, XING !
ESPÈCE D'IDIOT !!
JE TE SI-GNALE QU'ON EST EN PLEINE BATAILLE !!
LÂCHE-MOI !!
JE DOIS M'OCCUPER D'HALLOWEEN ...
SINON, ELLE VA Y PASSER !!

JUSTEMENT, GROS MALIN...
RAISON DE PLUS...
POUR TE RESSAISIR !

AS-TU SEULE-MENT PRIS LA PEINE D'EXAMINER CORRECTE-MENT SA BLESSURE ? NON, BIEN SÛR !!
PLOTCH
REGARDE BIEN ! ...LLE A ÉTÉ INFLIGÉE ...PAR UNE ATTAQUE MAGIQUE !
WU UN
UNE ATTAQUE MAGIQUE ?!

SEULE LA MAGIE PEUT GUÉRIR CE TYPE DE PLAIE !
IL Y A UNE SORCIÈRE GUÉRISSEUSE À BORD DU WH EXPRESS ! EMMÈNE-LA VITE LÀ-BAS !
ALLEZ, GROUILLE !
DANS TON ÉTAT, TU NE NOUS SERAS D'AUCUNE UTILITÉ ICI !
GRAB
JE TE REVAUDRAI ÇA, XING !!

TAP
TAP
AU FOND, C'EST UN TENDRE...
SBAM
LE COMBAT A DÉJÀ COMMENCÉ, À CE QUE JE VOIS !

ALORS ?
TAP
COMMENT ÇA SE PRÉSENTE ?
ÇA NE VA PAS ÊTRE FACILE !
VOILÀ DONC...

NOTRE ENNEMIE !
C'EST VOUS QUI AVEZ DÉCIMÉ MON ÉQUIPE ?
ON PEUT DIRE ÇA COMME ÇA !
QUELLE BANDE D'INCA-PABLES !
SE FAIRE BATTRE PAR UNE POIGNÉE D'HU-MAINS... C'EST VRAI-MENT PITOYABLE !
TAK
SANS VOULOIR TE VEXER...

TU NE VAUX GUÈRE MIEUX QU'ELLES !
SW
ISH
!!

FW
OOK

SWOOOH
HA
!!
TU NE TE DÉBROUILLES PAS MAL, POUR UN SIMPLE MORTEL !
HÉLAS POUR TOI...

J'AI LE POUVOIR DE RENAÎTRE À L'INFINI !

ÉCOUTE-MOI BIEN, PALGEUK ! À MON RETOUR, JE SERAI À LA TÊTE D'UNE VÉRITABLE ARMÉE DE FANTÔMES !
JE SUIS LÀ, CRÉTIN !
LE PAUVRE A BESOIN DE NOUVEL-LES LUNETTES...

WOUUUUUUONG
POURQUOI CONTINUE-T-ELLE À SAIGNER ?
ÇA S'ANNONCE TRÈS MAL !
SA BLESSURE EST SI PRO-FONDE...
QUE NOUS NE RÉUSSIRONS PAS À LA SOI-GNER, MÊME EN UNISSANT NOS POUVOIRS !

IL FAUT UNE MAGIE BIEN PLUS PUISSANTE...
DIS-MOI... EST-CE QU'ELLE SERA TIRÉE D'AFFAIRE SI JE LUI TROUVE UN AGENT DE CLASSE S ?

EN THÉORIE, OUI, SAUF QUE...
ELLE NE TIENDRA JAMAIS JUSQUE-LÀ ! ELLE EST BIEN TROP FAIBLE !
JE REVIENS TOUT DE SUITE ! ARRANGE-TOI POUR LA MAINTE-NIR EN VIE D'UNE FAÇON OU D'UNE AUTRE !
WHIP
IL EST HORS DE QUESTION QUE JE LA LAISSE MOURIR !!

30
LA ROSE ÉTERNELLE

OH NON !
HEUREUSE-
MENT...
UNE ROSE
VIENT DE SE FANER...
IL EN RESTE
ENCORE TANT
D'AUTRES...

ET MOI, JE CONTINUERAI À VIVRE À TRAVERS ELLES...
JE NE COMPRENDS RIEN À SON CHARABIA !
POURTANT, C'EST SIMPLE COMME BONJOUR !
LE SEUL MOYEN DE VAINCRE CETTE SORCIÈRE...
C'EST DE DÉTRUIRE TOUTES LES ROSES !

SON SUPPORTER N'EST AUTRE QUE VITAL, L'ESPRIT DES ROSES.
JE ME TROMPE ?
QUOI ?! U EN ES SÛR ?
À 100 % !

ÇA FAISAIT UN BAIL, ROSE !
C'EST TOI, TARRAS ? JE ME DISAIS AUSSI...
SEULE LA PRÉSENCE D'UN DOBERG POUVAIT EXPLIQUER QUE DES ESPRITS SE TROU-VENT EN CES LIEUX...
ALORS COMME ÇA, VOUS VOUS CONNAISSEZ ?
DISONS QU'ON S'EST DÉJÀ CROISÉS... ROSE APPARTIENT À UN CLAN QUI VÉNÈRE LES ESPRITS DES VÉGÉTAUX.
ELLE A LE POUVOIR DE COMMANDER VITAL, UN ESPRIT PAR-TICULIÈREMENT PUISSANT.
JE L'AI DÉJÀ VUE À L'ŒUVRE QUAND J'ÉTAIS JEUNE...
MAIS BIEN ENTENDU, ELLE NE M'ARRIVE PAS À LA CHEVILLE !
SI TU LE DIS...

DONC, SELON TOI, IL SUFFIT DE DÉTRUIRE TOUTES LES FLEURS ?
RIEN DE PLUS FACILE...
JE VAIS ARRANGER ÇA AVEC MA TECHNIQUE DE L'ÉCLAIR NAISS...
BOINGG
CRÉTIN ! JE ME SUIS FAIT SUPER MAL À CAUSE DE TON BOUCLIER DE LA TERRE À LA NOIX !!
OUIIILLE, OUIIILLE, OUIIILLE !!! BON DEZ !
J'AVAIS MES RAISONS ! REGARDE BIEN...

SH
AK
FUI
SH
TO
TK
VITAL A ENSORCELÉ LES ROSES...
CHAQUE PÉTALE EST AUSSI TRANCHANT QU'UNE LAME DE RASOIR !
AUTREMENT DI
UN PEU PLUS ET
FINISSAIS EN ST
HACHÉ, MON VIE
LES ESPRITS ONT PLUS D'UN TO
DANS LEUR SAC !

TU ES TRÈS BIEN INFORMÉ, À CE QUE JE VOIS ! J'ESPÈRE QUE TA PETITE MISE EN GARDE CALMERA LES ARDEURS DE TES COÉQUIPIERS...
SÛREMENT PAS ! UNE PLANTE RESTE UNE PLANTE !
SSH

WOOOOUHH
RIEN NE RÉSISTE
À UNE BONNE DÉCHARGE
ÉLECTRIQUE !

HA HA ! ALORS,
QU'EST-CE QUE VOUS
EN DITES ?
FWIIISH
FRUK
FRUK
FRUK
FRUK
!!

BRAVO ! TRÈS IMPRES-SIONNANT !
EN UN CLIN D'ŒIL, TU AS RÉUSSI À DÉ-TRUIRE PRÈS DE 200 ROSES...
MAIS TU SAIS QUOI ?
IL Y EN AURA TOUJOURS D'AUTRES POUR LES REMPLACER...

QUELLE EST LA SUITE DU PROGRAMME ?
ZUT ! CES SATANÉS PÉTALES EMPÊCHENT DE FAIRE QUOI QUE SOIT, ET LA DÉCHARGE ÉLECTRIQUE DE COOGA N'EST PAS ASSEZ PUISSANTE POUR VENIR À BOUT DE TOUTES LES ROSES EN UN SEUL COUP... ON EST MAL BARRÉS !
AH LÀ LÀ ! DIRE QU'UN GÉNIE TEL QUE MOI EST OBLIGÉ DE FAIRE ÉQUIPE AVEC CES BOULETS...
OUBLIEZ LES FLEURS !
C'EST PLUTÔT L'ESPRIT QU'IL FAUT ÉLIMINER, CAR, SANS LUI, IL N'Y EN AURAIT PLUS UNE SEULE !
ÉLÉMENTAIRE, MON CHER TARRAS !
SAUF QUE VITAL SE CACHE DANS LES PROFONDEURS DE LA TERRE... COMMENT COMPTEZ-VOUS LE DÉBUSQUER ?
ÇA, J'EN FAIS MON AFFAIRE !

TRAQUEUR DE LA TERRE !
IL A RÉUSSI À L CALISER M SUPPO TER
RIEN DE CE QUI TOUCHE À LA TERRE NE PEUT M'ÉCHAPPER !
TU VAS ENFI COMPRENDR TA DOULEUR

STOP
HA HA HA !
TOI ALORS ! SI TU TE VOYAIS !
TU NE T'ATTENDAIS PAS À ÇA, HEIN ?
SI LES ESPRITS DE LA TERRE NE PEUVENT RÉPONDRE À TON APPEL, C'EST PARCE QUE VITAL LES TIENT PRISONNIERS !
EH OUI ! MON SUPPORTER EST ENCORE PLUS PUISSANT QUE TU NE L'IMAGINAIS !
NON...
IMPOSSIBLE...
ALLONS, NE FAIS PAS CETTE TÊTE !
HI HI HI !

MOUAH HA HA HA HA HA !!!
TU CONFIRMES QUE LUI NON PLUS, IL NE PEUT RIEN CONTRE TA MAGIE ?
EUH... EN EFFET...
ÇA T'APPRENDRA À FRIMER, ESPÈCE DE GROS NAZE !
TU N'ES QU'UN BON À RIEN !!
ON FAIT MOINS LE FIER, HEIN ?!
JE NE VOUS PERMETS PAS...

!!
JE SUIS LE MEILLEUR, VOUS M'ENTENDEZ !!! THE BEST !
BEN VOILÀ ! IL SUFFISAIT DE DEMAN-DER !

FFW
OOO
BOOOM
SWOOO
WOOOO
EH BEN ! ELLE N'Y VA PAS DE MA MORTE, LA DEMO SELLE !
SHHH

NISSONS-EN ! US M'AVEZ DÉJÀ FAIT PERDRE EAUCOUP TROP DE TEMPS !
EH, COOGA ! IL TE FAUT COMBIEN DE TEMPS POUR ATTEINDRE LE NIVEAU F4 ?
POURQUOI ?
JE N'AI ENCORE JAMAIS EU L'OCCASION DE LE TESTER SUR LE TERRAIN...
KZZZ
MAIS JE PENSE QUE CINQ PETITES MINU-TES DEVRAIENT SUFFIRE !
EST LONG, NQ MINU-TES...
TANT PIS, IL FAUT QUAND MÊME TENTER LE COUP ! PRÉPARE-TOI, ET NOUS, PENDANT CE TEMPS, ON ESSAIERA DE RETENIR LA SORCIÈRE.
C'EST NOTRE SEULE CHANCE DE DÉTRUIRE VITAL UNE BONNE FOIS POUR TOUTES...
TAP
ET SI JE VOUS DISAIS...

UNE MINUTE ?

QUEL MOUCHE LE PIQUE ?

FWOOM
TAP
TAP
JE PEUX M'EN CHARGER SI VOUS ME PROMETTEZ DE TENIR UNE MINUTE !
SEULEMENT UNE MINUTE ?
CET IDIOT N'A TOUJOURS PAS COMPRIS LA GRAVITÉ DE LA SITUATION !
ÉCOUTE, TASHA... TON PISTOLET ENCHANTÉ N'AURA AUCUN EFFET SUR ELLE...
JE M'EN MOQUE !

TOUT CE QUI M'INTÉRESSE...
C'EST DE SAVOIR SI, OUI OU NON, VOUS POUVEZ ME COUVRIR PENDANT UNE MINUTE !
MAIS BON...
C'EST PEUT-ÊTRE TROP DEMANDER À UN NAIN DE JARDIN ET À UN INCAPABLE NOTOIRE !
TZOK
TZOK
RÉPÈTE UN PEU !
TU MESURES À PEINE 6 CM DE PLUS QUE MOI !!
TU VAS VOIR ! ON TE COUVRE PENDANT UNE MINUTE, MAIS ENSUITE, TU POURRAS CREVER LA BOUCHE OUVERTE !!
ILS SE SONT FAIT AVOIR...
BIEN...
WIP

JE COMPTE SUR VOUS !

31
LE CHANT DU DESTIN

VOUS ÊTES PRÊTS ?!
PUIS-SANCE DE NIVEAU F3 !
COMMENCE !!
ELECTRIC SPARK !!

BON SANG !
ELLE A RÉUSSI À PASSER AU TRAVERS !!

BOUCLIERS DE LA TERRE !!
AU MOINS, ON EST DÉBARRASSÉS DES PÉTALES !
ÇA MARCHE !

BR
AM
BAM
BAM
BAM
BA
BAM

DE PAR LE PACTE QUI LIE LE SERVITEUR À SON MAÎTRE...
OUVRE-TOI, BOURSE MAGIQUE !
TA
JE T'ORDONNE DE FAIRE APPARAÎTRE LES MOIRES !!

EH BIEN...
JE NE PENSAIS
PAS REVOIR CET
DROIT DE SITÔT

JE SAVAIS QUE VOUS RÉPONDRIEZ À MON APPEL...

Ô DÉESSES DU DESTIN !

JE TE SALUE, LACHÉSIS !
JE TE SALUE, ATROPOS !
JE TE SALUE, CLOTHO !
MON MAÎTRE M'A JADIS DONNÉ L'AUTORISATION DE VOUS INVOQUER EN CAS DE BESOIN...
AUSSI, J'EN APPELLE À VOS POUVOIRS POUR TERRASSER MON ENNEMI !
QUE S'ÉLÈVE LE CHANT DU DESTIN !

C'EST
BON DE VOUS
REVOIR...

MAÎTRE !

BAAAM
!!
FLA

FWOOOH
FWIIISH
ZOOM

QUELQU'UN VIENT DE CRÉER UN BATTLEFIELD !!
IL EST SI VASTE QUE MON TRAQUEUR DE LA TERRE EST INCAPABLE DE MESURER SON ÉTENDUE !
JE RÊVE, OU IL S'EST MIS À NEIGER ?!
CELA NE PEUT SIGNIFIER QU'UNE SEULE CHOSE !!

LA LANCE DE LA MOÏRA*...
*IL S'AGIT DU NOM GREC DES MOIRES, NDT.
EST PRÊTE À S'ABATTRE !
RETROUVEZ LA SUITE DE WITCH HUNTER AU TOME 8 !

CETTE ANECDOTE EST UNE FICTION SANS AUCUN RAPPORT AVEC LA RÉALITÉ ! (SIGNÉ EOM)

Q&A

– BONJOUR ! J'AI LU QUE LA PREMIÈRE GUERRE ENTRE LES HOMMES ET LES SORCIÈRES AVAIT ÉCLATÉ 14 ANS ANT LE DÉBUT DE CETTE HISTOIRE. DANS CE CAS, DE QUAND DATE LA CRÉATION DE L'ARMÉE DES WH ? PAR LEURS, IL PARAÎT QUE LES UNIFORMES DES WH CHANGENT DE COULEUR SELON LEUR GRADE. EST-CE QU'ILS UVENT AUSSI ÉVALUER LES POUVOIRS DES SORCIÈRES ? ET QU'EN EST-IL DES AGENTS APPARTENANT À CATÉGORIE DES ESP OU DES NATURELS ? ENFIN, JE VOUDRAIS CONNAÎTRE L'ÂGE DE LA BELLE TANIA !! UESTION POSÉE PAR CHRONICLE)

– 1) APRÈS QUE LA GUERRE A ÉCLATÉ, IL A FALLU AUX SORCIÈRES MOINS DE DIX ANS POUR ASSERVIR LA ITIÉ DE LA PLANÈTE ! LES GOUVERNEMENTS DE TOUS LES ÉTATS SE SONT ALORS RÉUNIS POUR CRÉER UN GANISME SUPRANATIONAL QUI LEUR PERMETTE DE RÉSISTER... DU MOINS, ÇA, C'EST LA VERSION OFFICIELLE ! VÉRITÉ, L'ARMÉE DES WH EXISTAIT BIEN AVANT CE CONFLIT. ELLE A ÉTÉ FONDÉE PAR UN GROUPE RELIGIEUX RTICULIÈREMENT HOSTILE AUX SORCIÈRES, DONT L'EMBLÈME ÉTAIT LE CERCLE CROISÉ. SEPT ANS APRÈS LA EMIÈRE ATTAQUE DES SORCIÈRES, LES ÉTATS ONT PROPOSÉ AU CERCLE CROISÉ DE TRANSFORMER SON AR-E DE CHASSEURS EN UN ORGANISME SUPRANATIONAL. ILS ONT NÉGOCIÉ AU PASSAGE LA POSSIBILITÉ DE CRUTER DES SORCIÈRES DANS LES RANGS DES WH EN ÉCHANGE D'AIDES SUBSTANTIELLES (C'ÉTAIT LÀ UNE E DE GÉNIE, CAR LES SORCIÈRES ONT TOUJOURS ÉTÉ DE REDOUTABLES COMBATTANTES). D'ABORD OPPOSÉ CE PROJET, LE CERCLE CROISÉ A FINI PAR CÉDER. HUIT ANS APRÈS LA DÉCLARATION DES HOSTILITÉS, LES WH T ACCUEILLI LEUR PREMIÈRE SORCIÈRE, À SAVOIR IDIA FLORENCE, SURNOMMÉE "LA SORCIÈRE BLANCHE". C'EST E QUI A PERMIS AUX WH DE PASSER À LA VITESSE SUPÉRIEURE. PLUS TARD, DIANA A REJOINT À SON TOUR RMÉE DES CHASSEURS. LE RÔLE DE CES DEUX SORCIÈRES FUT DÉTERMINANT POUR L'ESSOR DE L'ORGANISATION.

– 2) L'UNIFORME DES WH EST CONSIDÉRÉ COMME L'UNE DES PLUS BELLES CRÉA-NS D'IDIA FLORENCE. SOUVENEZ-VOUS, ILS SONT TISSÉS À PARTIR D'UN MATÉRIAU GIQUE APPELÉ "FIBRE DE L'OUBLI". NON SEULEMENT L'UNIFORME OFFRE UNE BARRIÈRE ICACE CONTRE LES SORTILÈGES EN TOUS GENRES, MAIS IL PROTÈGE ÉGALEMENT FROID ET DE LA CHALEUR. DE PLUS, IL A LE POUVOIR DE SE RECOUDRE TOUT SEUL !

Q&A

L'ESPÉRANCE DE VIE DES WH A AUGMENTÉ DE DIX ANS GRÂCE À CETTE INVENTION, DONT LE PLUS GRAND AV TAGE EST DE PERMETTRE AUX CHASSEURS DE PASSER TOTALEMENT INAPERÇUS, UNE FONCTION PARTICULIÈ MENT EFFICACE POUR PRÉPARER DES ATTAQUES-SURPRISES. PAR AILLEURS, L'UNIFORME A LA CAPACITÉ DE TERMINER LE GRADE DU PORTEUR. POUR MÉMOIRE, IL EXISTE CINQ NIVEAUX, CLASSÉS DE S À D. IDIA FLORENC ÉTABLI CETTE CLASSIFICATION EN SE BASANT SUR SON PROPRE NIVEAU. QUAND UN AGENT ENDOSSE SON U FORME POUR LA PREMIÈRE FOIS, CELUI-CI ÉVALUE SES POUVOIRS EN LES COMPARANT À CEUX D'IDIA FLOREN CERTAINS AGENTS, EXTRÊMEMENT VEXÉS D'AVOIR ÉTÉ CLASSÉS D'OFFICE DANS UNE CATÉGORIE INFÉRIEURE, C PROVOQUÉ IDIA EN DUEL. AU MOMENT OÙ NOUS PARLONS, IL EXISTE HUIT AGENTS DE CATÉGORIE BLANCHE (C TAINS SONT D'ANCIENS AGENTS DE CATÉGORIE NOIRE), POSTÉS PAR ÉQUIPES DE DEUX AU SEIN DE CHAQUE G LA TENUE DES WH A TOUT DE MÊME UN GROS INCONVÉNIENT : SA DURÉE DE VIE EST LIMITÉE ET, PAS UN CERTAIN DÉLAI, ELLE PERD TOUS SES ATTRIBUTS MAGIQUES POUR DEVENIR UN VÊTEMENT ORDINAIRE. FAUT ALORS LA RÉALIMENTER EN ÉNERGIE MAGIQUE. UNE FOIS RECHARGÉ, UN UNIFORME USAGÉ EST AU NOME PENDANT ENVIRON UNE SEMAINE TANDIS QU'UN MODÈLE NEUF PEUT TENIR JUSQU'À DEUX SEMAIN LORSQU'UN UNIFORME EST À PLAT, IL FAUT RETOURNER AU Q.G. POUR LE RECHARGER. C'EST LA RAISON PC LAQUELLE LES CHASSEURS PRENNENT PLUSIEURS TENUES DE RECHANGE POUR LES MISSIONS DE LONGUE D RÉE (BIEN ÉVIDEMMENT, CECI NE CONCERNE EN RIEN LES SORCIÈRES QUI COMBATTENT AUX CÔTÉS DES W

R 1 – 3) TANIA A TROIS ANS DE PLUS QUE SON FRÈRE TARRAS. ^^

Q 2 – JUSQU'À PRÉSENT, TOUS LES AGENTS DE CLASSE D QU'ON A PU VOIR ÉTAIENT DES FEMMES. N'Y A-T-IL AUCUN HOMME DANS CETTE CATÉGORIE ? EST-CE QU'UN AGENT DE CLASSE D PEUT DEVENIR UN AGENT DE CLASSE B OU A ? TOUTES LES ASSISTANTES APPARTIENNENT-ELLES À LA CLASSE D ? EST-CE QU'UNE ASSISTANTE DE CLASSE D S'OCCUPE EXCLUSIVEMENT DES AGENTS DE CLASSE A ? ET LES AGENTS DE CLASSE B OU C ONT-ILS AUSSI DROIT À UNE ASSISTANTE ? SACHANT QUE BI SEOL APPARTIENT À LA CLASSE D ALORS QU'ELLE A LE NIVEAU D'UN AGENT DE CLASSE B, EST-CE QU'UNE SORCIÈRE PEUT INTÉGRER LA CLASSE D ? (QUESTION POSÉE PAR CLAIR DE LUNE)

R 2 – CONTRAIREMENT AUX APPARENCES, IL Y A BEAUCOUP D'HOMMES PARMI LES AGENTS DE CLASSE D. SI ON NE LES VOIT PAS DAVANTAGE, C'EST TOUT SIMPLEMENT PARCE QUE LES AGENTS QUI TRAVAILLENT AU SERVICE ADMINISTRATIF, FINANCIER, TECHNIQUE OU SCIENTIFIQUE N'ONT QUE RAREMENT L'OCCASION DE CROISER DES AGENTS DE COMBAT. EN REVANCHE, CEUX AFFECTÉS

LA RESTAURATION OU AUX SOINS MÉDICAUX ONT L'HABITUDE DE CÔTOYER LES COMBATTANTS. IL EXISTE U SEIN DE LA CLASSE D UNE ÉQUIPE D'ASSISTANTES, CONSIDÉRÉE COMME LE FLEURON (?) DU Q.G. CES AMES VEILLENT À CE QUE LES CHASSEURS SOIENT AU MIEUX DE LEUR FORME PHYSIQUE ET MENTALE. (IL 'EST PAS RARE QUE LEUR RÔLE SE CONFONDE AVEC CELUI D'UN PSY OU D'UNE NOUNOU !) LA MAJORITÉ DES GENTS DE CLASSE A ONT CHACUN UNE ASSISTANTE PERSONNELLE, MAIS IL ARRIVE PARFOIS QU'UNE SEULE SSISTANTE SE CHARGE D'UNE ÉQUIPE TOUTE ENTIÈRE. GÉNÉRALEMENT, ON COMPTE UNE ASSISTANTE PAR SCOUADE DE CLASSE B OU C. DE FAÇON TOUT À FAIT EXCEPTIONNELLE, UNE ASSISTANTE PEUT S'OCCUPER XCLUSIVEMENT D'UN AGENT DE CLASSE C. DE TEMPS EN TEMPS, IL EST POSSIBLE QU'UN AGENT DE CLASSE D HANGE DE CATÉGORIE. QUANT AUX SORCIÈRES, ELLES PEUVENT ÊTRE PROVISOIREMENT RÉTROGRADÉES SI LLES PERDENT LEUR CHAPEAU MAGIQUE OU SI LEUR SUPPORTER VIENT À MOURIR AU COURS D'UNE MISSION. AIS ATTENTION, L'APPARTENANCE À UNE CLASSE INFÉRIEURE N'EST PAS FORCÉMENT UN SIGNE DE FAI-LESSE. IL ARRIVE QU'UN AGENT DE CLASSE A SOIT RÉTROGRADÉ EN CLASSE C SI L'UNIFORME SE BASE AVANTAGE SUR LA NATURE DE SES COMPÉTENCES QUE SUR SA VÉRITABLE FORCE. SACHANT QUE LA LASSE C EST CONSTITUÉE D'AGENTS HAUTEMENT SPÉCIALISÉS, UN WH DE NIVEAU SUPÉRIEUR PEUT ÊTRE AFFECTÉ SI UNE MISSION SPÉCIFIQUE L'EXIGE (BIEN ENTENDU, IL RÉINTÈGRE SA CLASSE INI-ALE À LA FIN DE LA MISSION). LA PLUPART DES SORCIÈRES QUE L'ON RETROUVE DANS LA CLASSE D SE ONT PORTÉES VOLONTAIRES POUR CE TYPE DE POSTES PARCE QU'ELLES N'AIMAIENT PAS SE BAT-RE. CE SONT ELLES QUI VEILLENT AU BON FONCTIONNEMENT DES APPAREILS MAGIQUES DU Q.G.

3 – TOUTES LES SORCIÈRES DE LA SÉRIE ONT L'AIR JEUNE. COMMENT ÇA SE FAIT ?
QUESTION POSÉE PAR GRANSIDE)

3 – BIEN QU'ELLES NE SOIENT PAS NOMBREUSES, CERTAINES SORCIÈRES ONT L'APPARENCE DE FEMMES DE UARANTE ANS... EN CE QUI CONCERNE NOS JEUNETTES, L'EXPLICATION EST SIMPLE : LA PLUPART DES FEMMES UI ACCÈDENT AU RANG DE SORCIÈRE LE FONT VERS LA QUARANTAINE, QUAND LEURS POUVOIRS MAGIQUES ONT TTEINT LEUR PAROXYSME. (PLUS ELLES SONT DOUÉES, ET PLUS ELLES SONT JEUNES AU MOMENT DE LA TRANSFOR-ATION !) ELLES RAJEUNISSENT ALORS DE MANIÈRE SPECTACULAIRE, SI BIEN QU'ELLES ONT L'AIR D'AVOIR À PEINE NE VINGTAINE D'ANNÉES. UNE FOIS LA MÉTAMORPHOSE ACHEVÉE, LEUR APPARENCE PHYSIQUE NE CHANGE PLUS. ORSQU'UNE JEUNE SORCIÈRE CONTINUE DE VIEILLIR APRÈS SA MÉTAMORPHOSE, CELA SIGNIFIE QUE SES POUVOIRS AGIQUES N'ONT PAS ENCORE ATTEINT LEUR POINT CULMINANT. SA CROISSANCE SE POURSUIT ALORS JUSQU'À E QUE SES POUVOIRS SE SOIENT PLEINEMENT DÉVELOPPÉS (C'EST LE CAS NOTAMMENT D'ARIA ET DE LAN).

WITCH HUNTER, vol. 7

First published in Korea in 2008 by Daiwon C.I. Inc.
French translation rights arranged by Daiwon C.I. Inc.
through Topaz Agency Inc.

Édition française

Traduction :
Kette Amoruso

Adaptation graphique :
Ki-oon

ISBN : 978-2-35592-075-2
Dépôt légal : juin 2009
Imprimé en Belgique par Lannoo Print